KB113122

흰 꽃 만지는 시간

흰 꽃 만지는 시간

이기철 시집

민음의 시 234

민음사

출생, 등단, 직업, 주소, 이 이종의 성분들이 생애의 디딤돌이자 고삐였다. 현실 너머로 가려는 타래 많은 꿈은 언제나 이런 고삐와 길항했다. 미지에 사로잡힌 영혼을 붙들고 이 시대의 빈혈인 아름다움 몇 포기 꽃 피우려 시간을 쓰다듬으며 시를 썼다. 내 노래이고 내 비탄인, 내 고백이고 내 앙탈인 시편들, 그 낱가리들이 내 걸어온 날의 지울 수 없는 비망(備忘)이다. 햇빛 밝은 날은 옷소매에 꽃 향이 묻기도 했고 맨 땅을 가다가 취우(驟雨)를 만나기도 했지만 그리움 한 벌로 나는 일생을 버텼다. 숨은 차지만 시인이 걷는 이 길이 가장 아름다운 길이 되었으면 좋겠다.

2017년 봄
낙산누옥에서
이기철

차례

2부

3부

1부

속옷처럼 희망이

내 믿음으론 지옥에도 천사가 살고 있으리라
나무가 햇빛 쪽으로 기우는 걸 보면
희망 때문에 몸이 아프다
저 어린 희망에게 나는 젖병 한번 물린 적 없다
담쟁이 잎이 우표처럼 벽에 붙는 걸 보며
오늘은 햇살 빗으로 헝클어진 머리카락을 빗는다
한 번만이라도 천국엘, 나의 희망은 그런 것은 아니었다
함께 가자 말하지 않았는데 내 발등에는
일생이 가랑잎처럼 수북이 쌓여 있다
저 낱장들에 내가 쓰고 싶었던 말은 무엇이었을까
그러나 너무 자세히 읽으면 일생의 거울이 다 깨진다
누가 어서 피어라 했겠느냐
눈 아래 피는 산꽃 들꽃들
누가 어서 오라 했겠느냐
창에까지 달려온 초저녁 별빛
흙에 묻은 아욱씨 손톱처럼 돋는 걸 보면
첫딸의 걸음마처럼 설레는 날도 있다
무엇을 이루고 어디에 닿아야 잘 살았다 하랴
누군들 이 세상 와서 광목 세월 한끝에

연필로 점 하나 찍고 가는 것이 제 몫의 생이다
자꾸 푸른색 옷을 갈아입는 나무 아래서
오늘은 절망을 접어 책 속에 꽂는다

시간

색깔도 무게도 없는 것이 손도 발도 없는 것이 오늘을 만들고 내일을 만들고 영원을 만든다 풀잎을 밀어 올리고 강물을 흐르게 하고 단풍을 갈아입는다 누가 그 요람에 앉아 시를 쓰고 노래를 짓고 그림을 그린다 보이지도 만질 수도 없는 저 힘으로

시인이 걷는 길이 가장 아름다운 길이 되었으면 좋겠다

풀밭은 목차가 없어서 어디서 읽어도 목차다
나뭇잎 한 장에 쓰인 먼 소식을 이틀 동안 아껴 읽는다
오늘이 하루로만 끝나서는 안 된다고 긴 끈을 던져 오후
를 문고리에 묶는다

풀잎에게 어서 이불을 덮으라고
어둠 아니면 누가 저리 자상히 일러 줄까

이파리들이 밤에도 잎맥을 만든다는 걸 생각하면
풀잎이라는 말이 성서의 구절보다 경건해진다
그럴 땐 꽃을 지우고 난 나무는 무얼 기다릴까 궁금하다

내 서정은 흰 종이처럼 여려
벌레를 덮어 주지도 못하는 헝겊에 말의 수를 놓으며
오늘도 발에 밟힌 이름들을 생각하다 잠든다

시인이 걸어간 이 길이
가장 아름다운 길이 되었으면 좋겠다

모르는 사람의 손이 더 따뜻하리라

내일 이 땅에 종말이 온다 해도
나는 화성엔 가지 않을 거야
거기엔 내 좋아하는 참깨와 녹두콩을 심지 못하므로
오늘 핀 도라지꽃 그릴 한 다스 색연필이 없으므로
일기책 태운 온기에 손 쬐며 쓴 시를
최초의 목소리로 읽어 줄 사람 없으므로
지구 아니면 어느 책상에 앉아 아름다운 글을 쓰겠니?
노래가 깨끗이 청소해 놓은 길
어느 방향으로 책상을 놓아
내일 아침의 왼쪽 가슴에 달아 줄 이름표를 만들겠니?
생각하는 마음 때문에 세상 한쪽이 더워진다고 쓴 말을
어디에 보관해야 정오까지 빛나겠니?
샘물이 솟는 곳에서 살고 싶다던 사람을 서서 기다리면
나무에 남은 온기가 절반은 식어도
모르는 사람의 손이 따뜻하리라

아름다움 한 송이 부쳐 주세요

부탁합니다, 신혼여행같이 설레는 시 한 편 부쳐 주세요
언어로 쓴 시 아닌 정서로 쓴 시 말입니다
기운 자리 없는 무명옷쯤이면 되겠지요
내 몸은 바늘 자국 투성이라도 마음은 갓 돋은 상추 이
파리입니다
가장 나직한 시를 읽고 있을 때 누군가 창문을 두드린
다면
내다보지 마세요 틀림없이 창가에 놀러 온 동풍이니까요
치장 많은 무지개보단 흰옷 입은 초승달의 시를 보여 주
세요
한밤 내 아팠던 말이 다 나아 아침에 꽃봉질 틔우는 말
이면 좋겠습니다
이 말들을 쓰고 나면 내 흰 손에 꽃가루가 묻을 것입
니다
푸성귀의 신발을 신고 길 끝에서 기다리는 사람 어디엔
가 있다면
나는 그에게 물방울 원피스 한 벌 소포로 보내려 합니다
주소를 모르면 족두리꽃에게 묻겠습니다
겉봉에 종조리 노래 모은 리본 하나도 잊지 않겠습니다

아름다움 한 송이 받을 사람만 있다면

스무 번째의 별 이름

아름다운 사람을 만나고 온 날은
내 입던 옷이 깨끗해진다
멀리서 부쳐 온 봉투 안의 소식이
나팔꽃 꽃씨처럼 우편함에 떨어진다
그 소리에 계절이 활짝 넓어진다
인간이 아닌 곳에도 위대한 것이 많이 있다
사소한 삶들이 위대하지 않다고 말할 권리가 나에겐 없다
누구나 제 삶을 묶으면 몇 다발 채소로 요약된다
초록 아니면 보라로 색칠되는 생이 거기 있다
풀꽃의 한 벌 옷에 비기면 내 다섯 벌의 옷은 너무 많다
한 광주리 과일에 한 해를 담아 놓고
아름다운 사람은 햇빛을 당겨 와 마음을 다림질한다
추운 발자국을 나뭇잎으로 덮어 주지 못한 걸 후회하는
사람
파란 이파리 하나를 못 버려 옷깃에 꽂아 보는 사람
아름다운 사람은 오늘 밤 스무 번째의 별 이름을 짓는다

레몬나무보다 굴참나무가 아름다울 때

촛불처럼 명확한 하루를 나는
신발에 몸을 싣고 건너왔다
주황색 등불 아래 홑옷을 털면
오늘 만난 사람의 이름이 감귤처럼 떨어진다
나는 햇빛 속을 보석을 안고 걸어왔구나
어두워질수록 아까 헤어진 사람의 방이 따스하리라
꽃그늘 같은 그들의 우수도 면 내복처럼 유순하리라
마음 상자에 넣어 둔 금언을 수저로 맛보면
큰 나무는 작은 나무의 아버지
작은 나무는 풀잎의 어머니라는
오늘 처음 써 보는 시의 말이
채소 뿌리처럼 향긋해진다
어디서 불어와도 바람은 미풍
여기서 나는 천 리 밖 잠드는 사람의 이름을
손끝으로 매만지다가 잠들리라
눈썹 끝에 오래 놀다 가는 달빛의 타래를 세며
흑요석 밤과 마주 앉으면
내일이라는 신부가 란제리를 입고
칸나의 뺨으로 다가오리라

나의 조용한 이웃들

풀뿌리가 이룩한 세상 속에 집을 짓고 그만 들어앉을까
다섯 번 생각했습니다

벌레의 도제가 되어 한 1년 햇볕 서까래 거는 법을 배울
까 석 달 동안 바장였습니다

아직 못 읽은 스무 권의 책과 멀리서 온 편지 따월 얹어
놓을 시렁과

쟁반과 간장 종지 씻어 놓을 선반은 아무리 오막집이라
도 빠뜨릴 수 없겠지요

어떻게 살아야 여치 메뚜기에게도 이만하면 잘 살았다
고 말할 수 있을까요

민들레 채송화는 내 집 짓는데 한 봉지의 색깔밖엔 보
태 줄 게 없다고 조아리네요

가을 오면 귀뚜라미에게 밤마다 해금 탄주를 배울 요량
입니다

옹두리에 담기는 달빛에게 인사를 빠뜨려서는 안 되니
까요

붉지 않으면 피지도 않겠다고 고집하는 석류꽃에겐

꿈꾸는 것만 허용되어도 고맙다고 인사하겠습니다

노랑나비에게 빌려줄 마당 두 평이 있는 한

나는 마음의 대사립 닫지 않으려 합니다

감람색 하늘 한 자락을 빌려 입고 오전엔 나무 동네를 문안하고 올까합니다

오다가 넘어진 풀 대궁이 있거든 부목을 대 주고 오겠습니다

나의 조용한 이웃들에게 이 헌사를 바친 사람이 절대로 나라는 걸 말하지 말라고 당부하는 것도 잊지 않겠습니다

내가 만지는 영원

내게 온 하루에게 새 저고리를 갈아입히면
고요의 스란치마에 꽃물이 든다
지금 막 나를 떠난 시간과 지금 막 내게로 오는 시간은
어디서 만나 그 부신 몸을 섞을까
그게 궁금한 풀잎은 귀를 갈고 그걸 아는 돌들은 이마
를 반짝인다
염원이야 피는 꽃과 내가 무에 다르랴
아직 오지 않은 내일에겐 배내옷을 지어 놓고 기다린다
한철 소란한 꽃들이 제 무게로 지는 길목에선
불편한 계절이 자꾸 아픈 손을 들어 보인다
저 계절에게 나는 알약 하나도 지어 주지 못했다
내가 만지는 이 유구와 영원은 사전의 말이 아니다
고요가 찾아와 이제 그만 아파도 된다고 위로할 때에야
나는 비로소 찬물처럼 맑아진다
나에게 온 날보다 나에게 오지 않은 날을 위해
서툰 바느질로 나는 깃저고리 한 벌은 더 지어 놓아야
한다

흰 종이 위에

나는 쓴다 흰 종이 위에
내가 지나온 마을 이름을
마을이 내어놓은 가르맛길을
흰 종이 위에 나는 쓴다
내가 읽은 책을
김소월 로세티 릴케 쉼보르스카를
연필심이 다 닳도록 나는 쓴다
내가 좋아하는 파란색 덧저고리를
저고리 깃에 반짝이는 하얀 동정을
망개나무 만나러 오르막길 가는
신발 소리 유난한 자드락길과
낮에 나온 반달의 흰 눈썹을
연필심을 깎아 다시 쓴다
오래 전 앓다 나은 따스한 병을
내 전부를 다 던지지 못한 젊은 날의 사랑을
물방울꽃을 데리고 왔다 저 혼자 가 버리는
내 땅의 봄날을
'사'만 쓰고 '랑'을 못 쓴 미완의 시를!

집이라는 명사

어느 집이나 달이 놀다 가는 창이 있다
어느 집이나 자음으로 발음되는 아버지가 있고
어머니라 불리는 모음이 있다
낮에는 머리 땋은 채송화가 피고
아들과 딸은 은유보단 가까이 존재한다
올해 놀러 온 1억 8000만 살인 별은 아직도 아기다
밤에는 팔손이나무 이파리에 부리를 닦은 박새가 잠든다
색조 없는 그늘이 저녁을 데려 오면
내일 필 채비를 하는 꽃들의 웃음소리가 잠시 멎는다
내 사흘 치 아픔이 낫는 방은
내 생애를 맡긴 사설 도서관 낡은 서랍이다
벽지 틈에 끼워 둔 낮에 나온 반달로
밤에는 불 켜지 않고 책을 읽는다
야채를 먹으며 우리는 깨끗해진다
돌맹이 하나마다 핏줄이 도는
집이라는 보통명사가 정직한 책처럼 기다리고 있다

그리움 한 벌로 나는 일생을 버텼다

그리움은 흰 접시 위에 놓인 빨간 딸기다
우리를 세상으로 걸어가게 하는 푸른 힘이다
오늘 우리가 쓴 수천의 말 가운데
그립다는 말만 한 생기가 또 있느냐
꽃들이야 언제나 새 옷을 입고 마중 나오지만
그 노랗고 빨간 옷을 빌려 입을 순 없다
아침 햇빛이 순금으로 네 얼굴을 만지면
그리움과 함께한 봉사꽃 같은 약속을 잊지 마라
나비가 함께 가자고 날개를 젓는 바람
그 바람의 은빛 수실을 목걸이처럼 걸고
네 가장 아껴 놓은 숨긴 페이지를 들추어 봐라
그리움과 입 맞추면 아픈 병마저도
머리카락에 떨어지는 별빛이 된다
두 뼘밖에 안 되는 가슴의 사람아
너무 멀어 그가 쉬고 싶다 하거든
너의 하얀 손으로 그 아래 넓은 그늘을 펴 주어라
닿아 보지 못한 기쁨이 아이처럼 채근해도
그리움 한 벌로 나는 일생을 버텼다

봉숭아와 나만의 저녁

손으로 햇빛을 받아 놓고,
손으로 모데미풀을 일으켜 세우고,
소중히 돌을 돌 곁에 앉히고,
소중히 네 이름을 책 속에 쓰고,
바람은 동풍인지 서풍인지 알지 못해 그냥 바람,
파랑치가 늘어 가는 하루를 소중히 씻어 놓고,
화분에 물을 주고,
날아간 새 이름을 불러 보고,
그때 틀림없이 새의 깃이 햇빛처럼 빛났다.
깨끗이 모종삽을 씻어 놓고,
실밥 같은 그믐달을 나무둥치에 매어 놓고,
깨어지지 않게,
고요 속에 손을 집어넣어,
침묵의 덩어리를 건져 냈다.
백지 같은 맨발을 흰 수건으로 닦는,
봉숭아와 나만의 저녁.

아름다운 옷

오늘은 무슨 색의 꽃을 피울까 생각하는 꽃나무처럼
오늘은 무슨 무늬의 옷을 입을까 생각하는 사람이 아름답다
거리의 난전에서 옷 가게에서 백화점 의상실에서
거리는 붐비고 계단은 가파르고 백화점은 화사해
진열장에는 사람의 수보다 더 많은 옷가지
눈부셔 눈이 부셔 못 고르면 어때
들판의 꽃들 중 무슨 꽃이 제일 아름다운지를 말할 수 있니?
새 둥지에는 오늘 처음 숨 쉬는 따뜻한 산새 알,
어느 손이, 어느 생각이 저리도 형형색색의 옷을 만들어
초승달 같은 눈들을 부시게 했을까
흰 물을 빨아올려 빨간 꽃을 매다는 나무처럼
사람들은 제 가진 꿈과 한 벌의 평화 한 벌의 행복
그 알록달록한 마음으로 아름다운 옷을 고른다
장롱에 숨어 있는 고요한 꿈을 꺼내
흐르는 흰 구름을 가끔은 무지개 빛으로 칠한다
자운영꽃 같이 색신 고운 마음 한 봉지
호롱불처럼 피우려고

새를 만나려고 숲으로 갔다

새를 만나려고 숲으로 갔다

새를 만나려면 새만큼 빠르게 숲을 걸어야 한다

숲 속은 깊고 어둡다

새를 만나려면 새의 말을 배워야 한다

새를 만나려고 숲으로 갔다

새는 작고 예쁜 날개를 가졌다

나는 예쁜 날개를 부러워하지만

그것을 빼앗으려는 것은 아니다

새는 부리가 뾰족해 아무리 사랑스러워도 입 맞추지는
못한다

걔는 나보다 나뭇잎을 더 좋아한다

새를 만나려고 숲으로 갔다

새는 인간이 만들지 않은 말로 노래를 부르고

노래를 따라하면 더 멀리 떠난다

떠나지 않는다면 나는

새를 만나려 하지 않을 것이다

새처럼 공중을 날 수 없어

나는 새를 만나고 싶어 한다

그 작고 예쁜 새 이름을 나는 알지 못한다

새를 만나려고 숲으로 갔다

우리가 좋아하는 것

풀꽃 이름을 발음할 때 도는 맑은 침샘
흰 유방을 가진 세상의 여자
하루 만에 날개 사용법을 익힌 나비
커튼이 올라가는 아침
작약 그늘에 놓인 얇은 시집
마침표를 찍고도 마음 못 내려놓아
다시 붙이는 p.s
널린 흰 빨래에 새파란 이파리 스치는 소리
다녀온 사흘 뒤에도
마음이 너한테로 분다는 말
어제 앉았던 나뭇가지에 오늘
또 날아온 새
노오란 햇병아리를 손으로 만지는 오전
풀밭에서 먹는 점심

길은 나비를 기다리는 표정이다

풀잎은 계절이 보낸 편지라고 써도 보낼 사람이 없다
꽃의 속살을 나는 미안해서 들여다보지 못했다
정오엔 잎사귀들 부딪는 소리가 은그릇 소리처럼 들린다
푸른 마음을 가진 누가 처음 풀밭이라 불렀을 것이다
악기 곁에 놓으면 금세 음악이 될 풀 이파리들
맑은 물이 돌을 씻는 곳에서 알들은 부화한다
남은 햇빛을 어디에 저장해 둘까 생각하는
잎사귀들은 노동에 바쁘다
파랗다를 먹으면 입안이 파래질 파람
초록은 따뜻함을 켜는 불씨다
외로움이 향기로워질 때까지 햇볕에 손을 씻는다
어두워져서 별이 내려와도 발한테는 가지 않고
머리카락 사이에서만 놀다 간다
길은 온종일 나비를 기다리는 표정이다

나의 말에는 새싹이 자란다

푸른 말을 만들어 놓고 나무는 침묵한다 사전에서 가장 식물적인 말을 고르라면 그리움이다 이 말에는 정맥보다 수액이 돈다

깨끗해지고 싶어서 흰 옷을 입고 나가면 계절이 한 발짝 다가선다 시에 쓸 말이 갑자기 많아진다

사랑하는 이름을 고르라면 너무 많다 차라리 미운 이름을 고르는 게 쉽겠다 그러나 미운 이름이 생각나지 않는다 오늘은 모르는 사람하고도 눈이 맞았다

너무 많은 사람을 다치게 했으나 너무 많은 사람을 낫게 한 말, 다 타 버린 잿더미에서 석영처럼 골라낼 수 있는 말

낮이 끝나고 하루의 부지런한 손들이 쉬는 동안 나는 그들을 세수시킬 이슬을 불러와야 한다 어둠 속에서도 풀 그늘은 새파랗다

나는 상처에서 걸어 나온 말을 만지며 여든 편의 시를

더 써야 하리 그리고 어느 오후 문득 연필을 놓아야 하리
아니 연필을 새로 들어야 하리 노트를 찢어야 하리 아니
노트를 다시 꿰매야 하리

그리움의 은 단추가 어두워지기 전에, 새싹이 열매 안으
로 들기 전에

삼월

밖에서 누군가가 쫑알거려 나가보니
입학식에 온 1학년 같은
개나리 피는 소리였습니다
여기는 시메산골
버스도 우체부도 발자국 예쁜 사람도
조금씩은 늦게 옵니다
슬리퍼를 운동화로 갈아 신는 동안
몇 송이가 더 피어 제 얘길 들어 달라고
입술을 쫑긋거리고 있습니다
햇살이 물고 오는 노란 말들을 낱낱 귀에 담습니다
저쪽 솔 그늘에는 진달래가 저도 늦지 않으려고
얼굴이 붉어져 있고
응달에서 뛰어나오려는 자두꽃이
흰 봉투를 막 뜯고 있습니다
한 스무날은 이래저래
집 안이 소란할 것입니다
삼월은 자식 많은 어머니같이
손 쉴 틈이 없습니다

저 식물에게도 수요일이 온다

서로 먼저 오려고 다투다가
수요일은 화요일 다음에 온다
은종이 같은 수요일이 오면
나뭇가지마다 쌀알 같은 꽃이 핀다
수요일은 이 땅이 처음이어서 길 잃지나 않을까
이파리마다 햇빛 발자국을 찍어 놓는다
파랑새 나는데 왜 꽃잎이 떨어지나
흰나비 나는데 왜 하늘이 출렁이나
땅에는 반지꽃이 색종이처럼 피고
이별도 모르면서 식물들은 온종일 파란 손을 흔든다
나, 너, 우리, 그 사이가 세상 한복판이다
식물들에게 수요일이 먼저 오면
인간의 마을에도 수요일이 따라온다

생활이라는 미명

어디쯤 가서는 널 잊기로 한다
나무에겐 계절을 빌려주고 생활을 얻어 온다

한생을 함께하고도 아직 얼굴을 모르는 너에게
올해는 꼬옥 물봉숭아 같은 사랑 하나는 발명하고 말
리라
흙에도 쓰고 노트에도 쓰지만,

깜장 고양이 같이 달콤한 것만 즐기는 법을 알지 못해
생활 같은 건 쓰다고 뱉어 내는 법을 배우지 못해

너를 옷이라고 밥이라고 돈이라고 쓰랴?
너를 연인이라고 사랑이라고 웬수라고 쓰랴?

한땐 수학여행 같이 예쁜 길을 걸어 집에 당도했다고 말
하랴
늘 안감 같은 사람 하난 지니고 산다고 말하랴

아직도 피는 붉고 손은 따뜻하니

나도 한번은 초록 숨 쉬며 살아야겠다 살아야겠다

들고 있기엔 너무 무거워
어디쯤 가거든 널 잊기로 한다

인공누액

　대구의 햇살과 남원의 햇살이 다릅디다
　어느 송년 낭송회에 가서 한 나의 축사였습니다
　나는 수사를 희롱했지만 아늑한 귀들에는 그 말이 시냇
물소리로 들리는 것 같습디다
　참 아름답고 정직한 귀들입디다

　오늘은 겨울이 서릿발을 달래느라 발 아픈 정월입니다
　작년 가을 채 떨어지지도 못하고 추운 몸으로 매달려
있는 빨간 열매들이 자꾸 눈에 밟히는 한낮입니다
　사람이라고 저렇게 아프게 견디는 사람 없겠습니까

　청미나리 이파리처럼 낮게 사는 나 같은 사람에게 뭔 인
공누액이 필요하겠습니까
　어디 혼자 울기 적당한 곳이 없을까 두리번거려도 보았
습니다만
　아내 며느리 손자 외손녀 다 있는 나한텐 울 자리 하나
마땅히 없습디다
　혼자 눈시울 붉히다가 아내한테 들키면, 아냐, 아까 따
온 해국(海菊) 솜털이 눈에 들어가서 그래, 참말이기도 하

고 거짓말이기도 한 말이 목을 콱 잠그는

　낯익은 저녁 어스름이 25000번째 내 발등을 덮습니다

　그리움의 실꾸러미 풀면서 걸어가는 황혼엔 나는 자주
이런 생각을 합니다

　나는 그동안 무엇을 사랑했고 무엇을 미워했던가 그땐
왜 그것을 사랑했고 지금은 왜 그것을 미워하는가 왜 옛날
사랑했던 것이 지금은 미움이 되고 미워했던 것이 다시 사
랑이 되는가

　발에 밟히는 모래에게 대답 없는 물음을 던지면서 저녁
으로 걸어가고 있습니다

　다친 발이 욱신거리는 것마저 고마운 저녁이 주소를 들
고 걸어오고 있습니다

머리카락에는 별빛이

참 맑은 눈으로 사흘만 바라보면
별의 말을 알아들을 수 있다
별은 언어 제조자
우루과이 사람에게는 우루과이 말을
에스키모에게는 에스키모 말을
불가리아 사람에게는 불가리아 말을 한다
나는 한국 사람
별은 내게 한국말로 인사를 건넨다
안녕하세요 춥지 않으세요
아프지 마세요, (한 눈을 찡긋하며) 이젠 나를 그만 쳐다보
세요
저 찬연한 말을 내 귀에 데려다주는 것은
하늘과 바람과 공기와 빛이다
내 발은 진흙밭에 있어도
머리카락 카락 마다엔 별이 내려와 논다
이 들판의 꽃들은 미처 하늘로 못 올라간
별이 아직도 놀고 있는 것이다

그땐 시를 읽는다

경전들은 대화를 거부한 채 일방적으로 맨바닥에 꿇어앉아 읽으라고 하는 것 같다 그땐 목판에서 백상지로 건너온 시를 읽는다

화장을 한 애인은 본 얼굴을 감춰 속내가 궁금하다 맨얼굴을 보여 달라 말하지만 소용없다 그런 땐 레자크지의 색상을 입힌 열무잎 같은 시를 읽는다

여학교 선생님은 문법책같이 정연하고 사각형같이 확고해 밤에 어디에 옷을 걸어 두고 잠드는지 궁금하다 그땐 아트지에 인쇄된 속이 보이는 흰 시를 읽는다

어떤 채널도 뉴스의 반은 정치 이야기다 이웃집 화단에 뿌릴 꽃씨를 받아 두었다는 정치 이야기는 없다 그땐 달리아 곁에서 크라운판의 시집을 읽는다

너무 습관적인 침대와 너무 비슷한 밥상에서는 바느질 자국 없는 문장을 만날 수 없다 그땐 필기체에서 사람 냄새 맡으며 그의 고뇌 지나간 새파란 마음의 시를 읽는다

봄아, 넌 올해 몇 살이냐

나무 사이에 봄이 놀러 왔다
엄마가 없어 마음이 놓이지 않는 눈치다
내년에도 입히려고 처음 사 입힌 옷이 좀 큰가
새로 신은 신발이 헐거운가
봄은 오늘 처음 학교 온 1학년짜리 같다
오줌이 마려운데 화장실이 어딘지 모르는 얼굴이다
면발 굵은 국수 가락 같은 바람이 아이의 머리카락을
만진다
여덟까지 세고 그 다음 숫자를 모르는 표정이다
이슬에 아랫도리를 씻고 있네
저 아찔한 맨발
나는 아무래도 애의 아빠는 못 되고
자꾸 벗겨지는 신발을 따라다니며 신겨 주는 누나는 되
어야겠다
노래를 불러야 하는데 울음이 먼저 나올 것 같은
봄아, 넌 올해 몇 살이냐

백지 위에 · 을 찍듯이

진짜 사랑하는 사람은 연애시는 안 쓴다는 걸
나는 일찍 알았다
연애가 시를 삼키기 때문이다
세상을 비춰 주는 이름이 온통 그대였다가
이제는 그대 없이도 세상 혼자 환한 시간
깨어진 거울 조각을 맞추듯 언어 조각을 맞추던 시간마
다 혼자 생각했다
웃음소리와 울음소리는 결국 형제라는 걸!
인색한 희망 한쪽에 지각생처럼 겨우 발을 디밀던 때가
그 부끄러움이 지금 와 아름다움임을 조그맣게 고백한다
내가 시를 사랑한 것은
내 가는 손가락으론 만들 수 없는 세상을
시의 말로는 만들 수 있었기 때문이다
나는 낙화와 유수 중 낙화에 물든다
지금은 벚나무 아래 찻잔을 놓고
찻잔에 벚꽃 잎이 담기기를 기다리는 시간
'별'을 쓰면 로맨티스트가 된다 해도 나는 '별'을 쓴다
백지 위에 또렷한 · 을 찍듯이,

아름다운 사람이 잡아당기면

언덕은 어떻게 새파래지나
꽃 지는 날은 어떻게 창문을 닫나
맑은 날 누가 풀풀 든 옷을 빨아 너나

창에 비친 나뭇잎을 보면 누구의 얼굴이 생각나나
누가 그늘이 좁다고 햇빛을 잘라 그늘에 붙이나
누가 석류꽃 받아 두었다가 저녁 식탁에 등불로 켜나

나는 먼 빛으로 그런 사람 본 적이 있다

수련 잎에 모인 동그란 빗물처럼
잔디 끝에 매달린 투명한 물방울처럼
참새 날아간 뒤 흔들리는 나뭇가지가 고요해질 때까지
그릇을 씻다 말고 새 날아간 하늘을 바라보는 사람

그가 오라고 손짓하면 나는 아무것도 모르는 체, 모두
다 아는 체
그를 따라간다
더 예쁘게 피라고 화분을 햇빛 쪽으로 돌려놓고

저녁쌀 씻으러 가는 사람

그런 사람이 옷소매를 잡아당기면
나는 아무것도 모르는 체, 모두 다 아는 체

흰 꽃 만지는 시간

아무도 없다고 말하지 마라
하얗게 씻은 얼굴로 꽃이 왔는데

흰 꽃은 뜰에 온 나무의 첫마디 인사다
그런 날은 사람과의 약속은 꽃 진 뒤로 미루자
누굴 만나고 싶은 나무가 더 많은 꽃을 피운다
창고에서 새어 나오며 공기들은 가까스로 맑아지고
유쾌해진 기체들은 가슴을 활짝 열고 꽃밭을 산책한다
햇살의 재촉에 바빠진 화신은 좋아하는 사람께로 백리
에 닿는다
눈빛 맑은 사람 만나면 그것만으로 한 해를 견딜 수 있다
흰 꽃 만지는 시간은 영혼을 햇볕에 너는 시간
찬물에 기저귀를 빨아 대야에 담는 사람의 흰 손이 저
렸다
아름다운 사람이 앉았다 간 자리마다
다녀간 꽃들의 우편번호가 남아 있다
풀잎으로 서른 번째 얼굴을 닦는다
내일모레 언젠가는 그들이 남긴 주소로
손등이 발갛도록 흰 잉크의 편지를 쓰자

사랑에 대한 귀띔들

나비가 살구나무를 놓아 주지 않는다
고 쓰고 나면 한결 가벼워진다
이번 봄과 가을은 여름이 펼쳐 놓은 정원에서 만난다
고 말하고 나면 훨씬 상쾌해진다
옷 갈아입는 나무의 맨살을 훔쳐보면 나무가 흠칫 놀
란다
고 쓰고 나면 생생해진다
종착역에 서는 걸 깜박 잊고 하행하는 기차는
봄―신―명 탓이라고 기일게 발음하면 로맨틱해진다
하늘 나비를 율리시즈청제비나비라 이름 붙인 사람을
만나려면 여미지 식물원을 가야한다
분홍은 겨울이 봄에게 쓴 사과 편지라고 쓰려다가
붉음은 흼을 시기하는 덧칠이라고 쓰고 연필을 놓는다
아름다운 말은 대개 거짓에 가까워서
사랑은 잘못 읽을수록 아름다운 악보라고 쓴 뒤
종이를 떨어뜨린다

시가 아니면 쓸 수 없는 말

시든 냉이꽃과 씀바귀가 어디 숨었는지 찾아내려고 눈이 서둘러 내린다 이것이 시가 아니면 쓸 수 없는 나의 첫 번째 전언이다

나는 이 가볍고 연한 몸들의 물레티어*가 되고 싶다 이 말을 하고 싶어 나는 두 시간 전부터 마음이 급해졌다

눈, 가끔은 저렇게 사나워지는 나비 떼를 나는 본 적이 없다 이 말을 하고 나서 나는 자래나무의 겨울나기에 대해 생각하기 시작했다

저 눈송이가 희망이라면 희망은 너무 많다 저 눈송이가 절망이라면 절망은 너무 많다 희망과 절망이 혼인하면 눈송이가 될까 이것이 내가 묻고 싶은 마지막 질문이다

오늘은 눈에게 내 사랑하는 여자를 바치려 한다

* 물레티어(muleteer), 노새몰이꾼.

2부

기슭에서의 사색

너무 높지도 너무 낮지도 않겠습니다

깎아지른 직벽도 끝을 모르는 평원도 되지 않겠습니다

흐르는 물 아래로 내려보내는 순한 경사를 기르겠습니다

모든 것을 받들어 그 아래 나지막에서 정좌하고 있겠습니다

천년을 기다렸으니 다시 천년을 못 기다리겠습니까

구르는 돌 흐르는 물 지는 가랑잎 모두 받아 가슴에 품겠습니다

작은 새 나래 펴고 추운 짐승 발 오그려 슬하에 잠들게 하겠습니다

온갖 꽃붓으로 맨숭이 몸 색칠하게 그냥 두겠습니다

강물 따라 한바다로 가려하지 않겠습니다

호수 나라엔 들지 않고 호수 위에 뜬 별의 수만 세겠습니다

놀다 간 노루의 발목에 감긴 꽃송이를 다치지 않게 편히 재우겠습니다

황혼이 아무리 깊어도 제 목청 끊지 않는 옹달샘 하나는 그늘 깊이 지키겠습니다

그것이 기슭의 마음이고 기슭을 노래하는 시인의 소망

임을 이틀만 기억해 주시기 바랍니다

베라 피그넬의 봄날

귀족의 딸에서 감옥까지의 거리가 그녀의 생이다 그녀는 백계(白系) 카잔 처녀, 위장 결혼으로 스위스로 건너가 유학한 젊은 여의사, 행복의 방석에 앉으면 엉덩이에 가시가 돋치는 나로드니키, 레닌을 비판한 초절의 혁명가, 끝내 차르 암살에 가담한 죄로 시릿셸베르그 요새 감옥에서 22년을 복역한, 깨져야 빛나는 푸른 잉크병의 여자, 일흔 번째 내게 온 봄은 혼자 오지 않았다 베라 피그넬, 나는 그녀가 손가락에 불을 켜고 쓰던 '러시아의 밤'의 한 구절을 꺼내 읽는다 양지꽃 이파리 하나가 그녀의 벗어 놓은 신발에 담겨 네바 강 물살에 흘러가는 봄날

돌을 사랑하는 다섯 가지 이유

돌은 세숫비누가 아니어서 손으로 만져도 뺨에 비벼도 쉬이 닳지 않는다 고조곤히 오래 견딘다 돌을 사랑하는 첫 번째 이유다

돌 곁에 돌을 갖다 놓아도 새처럼 쫑긋거리거나 우짖거나 까불거나 쌈박질하지 않는다 돌을 오래 바라보는 두 번째 이유다

돌 아래 나무를 심어도 고양이처럼 올라타거나 할퀴거나 말도 안 되는 소리로 야옹거리지 않는다 나무가 제 키를 넘어도 가만히 둔다 돌을 사랑하는 세 번째 이유다

돌은 구름처럼 남실대거나 그렁그렁 눈물 흘리거나 소낙비처럼 수틀리면 뛰어내려 제 몸을 박살 내지 않는다 돌을 사랑하는 네 번째 이유다

돌은 한번 심으면 감자나 무같이 자릴 뜨지 않는다 내가 한번 낙산*에 심기고 나선 바티칸에도 리마에도 가지 않는 것처럼, 이것이 돌을 사랑하는 다섯 번째 이유다

내가 만일 상인이라면

내가 만일 상인이라면 나는 비슬산 산골을 흐르는 가장 맑은 개울물을 떠다 1원 미만의 값을 받고 파는 거리의 물장수가 되리라

물통을 지고 산길을 내려오다가 하마터면 밟을 뻔한 진홍 할미꽃을 조심조심 꽃삽으로 떠 어느 부잣집 정원에 심어 주고 단돈 2원만 받는 꽃 장수가 되리라

무지개가 떠도 살구꽃이 피어도 감동하지 않는 사람들에게 그들의 구두 끝에 아침 햇살 한 줌 놓아주고 그들이 사례를 해도 햇살은 내 것이 아니라며 굳이 사양하고 돌아오리라

빗소리를 악보에 옮겨 음악책을 만들었다가 아무것도 얼어 죽지 않은 첫봄 초등학교 교문에 서서 오늘 노래를 배울 아이들에게 공짜로 한 권씩 나누어 주리라

나뭇잎을 딸 때는 저녁놀 쪽으로 기울어진 잎을 따서 어느 백화점 입구에 매달아 놓고 그걸 가져가는 눈 맑은 사람에게 내 마음 한 조각씩을 매달아 주리라

가난을 사랑하지 않는다면 내가 어찌 상인일 수 있으랴 그러나 가난만 사랑한다고 어찌 상인일 수 있으랴 상인이 시인을, 시인이 상인을 사랑한다면 오늘은 흙에 누워도 내

홑옷에 흙 묻지 않으리라 아직 오지 않은 내일이 털실처럼
묻으리라

나비

나비는 오늘 처음 쓰인 문장이다
단행시 열 편의 분량이다
한 자의 오탈자도 없는 완벽한 서정시다
주어와 술어가 정연한 규범문법이다
이 꽃에서 저 꽃으로 날아가는 詩
저자를 밝히지 않은 신간 시집이다
문장은 연속 단문, 그가 날면
옥수수밭과 오이밭의 경계가 무너진다
조심해라 환한 대낮에 읽으면
나비 책장에 갇히고 만다

가슴 공원

어느 빛 밝은 오후 나는 신생 독립국 같이 조그만 공원에 앉아 있었습니다 나는 이 왕국의 초대 왕이나처럼 지나는 구름과 스치는 바람 드리운 하늘빛을 모아 수구회의(首口會議)를 하고 있었습니다 나무와 꽃들은 일제히 문무백관처럼 화관을 쓰고 사슴과 노루와 캥거루들은 신하처럼 공손한 오후였습니다 신생국은 아직 이름이 없어 나는 백과전서 속에서 가장 아름다운 말을 찾아 공화국 이름을 지어야 했습니다 나무는 나무 이름을 사슴은 사슴 이름을 청원해 왔습니다

꽃은 수줍은 웃음을 머금고 수렴청정을 거들고 노루는 침묵 캥거루는 제 보듬은 아기에만 열중했습니다 회의가 길어지면 신생국이 고대국이 됩니다 나는 한 이름 앞에 비점(批點)을 찍고 독립국 이름을 제정했습니다 내가 만든 헌장 앞에 나는 가슴 공원이라 주서하고 왕의 목청이나처럼 둥글게 그 이름을 선포했습니다 가슴 공원은 나와 이 시를 읽은 당신의 가슴 속에 한 제국의 공원으로 개원(開園)될 것입니다

들판 정원

들판 정원에
음악이 한 대 놓여 있다

누가 연주하던 악절이 초록 위를 뛰어다닌다

풀들이 꽃다발을 들고 방문한다
바람이 새 악보를 꺼내 편다

여기, 맹수의 출현을 기다리는 것은
아무것도 없다

멀리 갔다가 이내 돌아오는 구름들
구름은 오늘의 꿈을 실현할 것이다

우산을 접고 양산을 펼치는 꽃들
부리로 공중을 맘껏 찌르는 새들

푸른 잎 위에 흰 꽃
검은 잎 위에 붉은 꽃

별들은 벌써 저녁 만찬을 위해
하얀 손으로 쌀을 씻고 있다

명멸(明滅)

명멸은 별의 필기체 수기다

그 판독은 오로지 점성술가의 몫이다

명멸로는 별은 깨지지 않는다

찰랑거림은 별의 심금을 문자로 전송한 것이다

전송에는 가끔 유성우(流星雨)의 활강이 있다

별똥별이라 부르는 것은 애칭

그것은 별 아이가 문밖을 수소문하러 나온 것이다

별의 수효를 매기는 일은 부질없다

인간이 만든 숫자로는 별을 다 셀 수 없다

별은 제각금 부부거나 모자(母子)여서 은하의 대가족을
이룬다

목동좌며 처녀좌는 별 가족사로는 1억 8천만 대 세손
이다

별 아이들은 늘 망원(望遠)에서 태어난다

성골도 진골도 없이 평민 가족인 성층에는 농가 월령이
있다

별은 유구한 농업사를 지닌다

별이 찰랑거린다는 것은 별 가족의 농가 월령을 듣는 것
이다

이것은 천문비기(天門秘記) 백만 쪽의 한 페이지를

점성에 문외한인 한글 독자가 오독한 것이다

고요의 극지

이파리들이 바람의 이부자리를 펴는 때는 밤이다
고요에 고요가 얹히는 무게를 너한테 보내고 싶지만
헝겊에 쌀 수 없어 보내지 못한다
오늘은 강물의 발원을 묻지 않고 동요의 기원부터 묻
는다
동요(童謠)의 발원은 새소리다
고요는 새들이 제 소리를 거두어 간 빈자리다
새가 아니라면 누가 노래를 만들 수 있나?
너무 오래 자고 나면 잎이 붉어질까 봐
새파란 손을 내밀어 햇빛을 붙잡는 가지들
짙푸른 어느 때 그들도 연애 감정에 젖었을 것이다
문득 어느 극단(極端)이 와서 나를 쳐 넘어뜨려도
나는 말문을 열고 '고요는 내 스승'이라 발음할 것이다
고요는 극지다
저 소수(小數)의 고요가 다수의 소음을 이기는 힘은
무게를 버리는 공기들
그 가벼운 체중 위로
그늘의 무게만큼 이파리들이 떨어진다

작은 바람

바람은 몸이 가벼워서 살구꽃 위에서 그네를 타기도 하고 발레리나처럼 발끝을 들고 발롱을 추기도 하고 주름치마를 살짝 들어 속살을 보이기도 하고 아직 아이인 앵두나무에게 저도 아이라며 장난을 걸기도 하고 솜 보따리를 들고 구름에 오르다가 미끄러지기도 하고 내려와 내려와 걱정스레 치어다보는 한 살배기 송아지 귀에 괜찮아 괜찮아 노래를 들려주기도 하고

금계국 사전

금계국을 보면 황금연휴가 생각난다
그 상큼한 웃음을 보면 입던 옷 벗어 놓고
색상이 밝은 물색 와이셔츠로 바꿔 입고 싶어진다
금계국 천 개의 낱말 사전엔
꿈꾸는 사람이 매만진 금빛 소망이 담겨 있다
저 황금 가락지는 오늘 퇴원한 사람의 밝은 목소리다
노래라면 올림음의 합창이다
건너뛰어도 맨발일 꽃에서 꽃으로 닿는 음계
페이지마다 다른 이야길 담고 있는 동화책이다
도요새 깃털에 묻혀 바다를 건넜을 작은 씨앗이
이제는 국적을 떠나 한국말로 전하는 흙과 바람 이야
기다
뿌리가 견딘 겨울 마음이 10000쪽 대하소설로 피어 있다

시 쓰는 일

시 쓰는 일은 나를 조금씩 베어 내는 일
면도날로 맨살을 쬐끔씩 깎아 내는 일
입천장, 겨드랑이, 사타구니, 항문까지
쬐끔씩 발라내는 일
부끄러움도 아픔도 쬐끔씩 참는 일
누추를 환부로 녹여 머큐로크롬을 바르며
낫지 않아서 더 아끼는 병(病)
병에서 돋는 새파란 싹을 기르는 일
평범을 다져 비범으로
깨소금 마늘 양념을 버무리는 일
주검까지 가다가 죽지는 않고
절뚝이며 휘청이며 돌아오는 일
시 쓰는 일

시욕은 물욕보다 한 단계 아래다

시욕(詩慾)은 물욕(物慾)보다 한 단계 아래다 시는 먹지
못해 시는 사랑은 하지만 아이를 생산하지 못해(이렇게 말할
땐 나는 유물론자다) 시는 어딘가에 있지만 아무 데도 없다

보여 달라고? 여기 사과가 있다 여기 물새가 있다 여기
은수저를 곁들인 쟁반, 쟁반 위에 토마토

네가 원한다면 먹어도 돼 예절 따윈 필요 없어 냅킨 같은
건 없어도 돼 한 개의 참외 한 개의 토스트 한 그릇 쌀밥

그러니까 시욕은 시간 위에 놓은 선율, 한 박자만 틀려
도 소음이 되는 음악, 내가 가졌다가 떨어뜨린 유리잔

시를 쓰고 난 뒤 나는 한 번도 유레카를 외친 적 없다 시
를 먹고 배부른 적 없다 시욕은 물욕보다 한 단계 아래다

내 정든 계절들

풀과 꽃의 이름을 지은 사람이
최초의 시인이다
풀이 제 몸을 밀어 올려 연두를 만든 때를 누군가 봄이
라 했다
봄의 출생지다
나무가 제 몸을 밀어내 초록을 만든 때를 누군가 여름
이라 했다
여름의 태생지다
산이 제 식구들에 노란 블라우스를 입히는 때를
누군가 가을이라 했다 가을의 본적지다
들이 제 가족을 안고 넓게 누우며 흰옷을 여미는 때를
누군가 겨울이라 했다 겨울의 현주소다
나는 다시 자드락길을 밟고 돌아
지난 계절을 만나러 간다

아름다움 제조법

비 오는 날의 결혼식장
우산을 서로 뺏으려 다투는 계집애들
서툰 발음으로 말할 때 음악처럼 동그래지는 입술
사서 고생하는 소설가들
옷소매에 아크릴 묻힌 화가들
주름 많은 얼굴일수록 도타워지는 믿음
잡초가 더 많은 꽃밭에 혼자 핀 백합
장미꽃밭 안쪽에 두고 나온 신발
반지를 빼서 강물에 던지는 여자
핀란드인처럼 쉽게 팔짱 끼는 나무
새가 부를 노래를 대신 부르는 여자들
새는 절대로 발가락이 아프다곤 말하지 않아
자정에 본 영화의 엔딩 장면

풀밭

　풀밭은 초록 물이 든 잠옷이고 풀밭은 이별하고 온 손수건이고 풀밭은 이브리 기틀리스가 놓고 간 바이올린이고 풀밭은 초록 페이지의 에세이집이고 풀밭은 새 울음이 짜 놓은 명주 옷감이고 풀밭은 잠자리가 먹고 남은 물방울이고 풀밭은 나비의 발자국이 정교히 만든 색종이고 풀밭은 남보라로 가고 싶은 미색 미농지이고……

낙랑(樂浪)

걸을수록 조이는 신발, 가까이 갈수록 에는 설렘, 가까이 가면 발목이 잠기는 물살, 글자가 지워진 고문서, 낙랑, 낙랑, 그 이름이 즐거워 두 번 불러 보는 나는 생애 동안 그곳에 갈 수 없다

낙랑은 물 위에 뜬 네가래꽃, 헝겊으로 접은 고추잠자리, 날려 보낸 미농지 새, 촉 부러진 만년필

낙랑은 없는 사랑, 가장 쓰고 싶은 편지 구절 혹은 이빨 빠진 얼레빗

나는 언제 청천강 가에 앉아 없는 사랑을 위해 울어 보나!

산새가 사는 마을

노래의 태생지는 산새 울음이다

산새 마을에는 아빠 산새와 아들 산새가 산다

엄마 산새는 일하러 가고 딸 산새는 빨래하러 갔다

오전에는 지나가던 햇빛이 잎사귀에 묻은 이슬을 말린다

산새의 마을에는 작은아빠 산새가 살고 큰아빠 산새는
마실갔다

싸리나무 가지가 흔들릴 때마다 고모 산새와 이모 산새
도 다녀간다

오후에는 놀다 가는 햇빛이 노간주나무 끝에 명주실로
감긴다

산새 마을에는 때까치와 곤줄박이와 딱새와 개개비와

참새와 박새들이 제각각 분가했다

은행나무 학교에는 어린아이 산새들이 가갸거겨고교구규

책 읽느라 왁자하다

조잘조잘은 오늘 학교에서 배운 음악

포롱포롱은 오늘 배운 무용

이 여리고 순한 마을은 경상북도 봉화군 명호면 북곡리
에 있다

애잔

달빛 아래 벌레 한 마리 잠들었다
먹던 나뭇잎 반 장
내일 먹으려 남겨 두고
달빛 이불을 덮었다

저 눈부신 애잔!

새털귀밑구름을 칭송함

맨살이 더 아리따운 것은 네 헐미도 살짝 가릴 털보숭이 때문이다

그 요염으론 여염집 혼인 잔치에 행화 머리에 꽂은 각시 눈썹에나 앉아도 되겠다

행화 꽂았으니 도리(桃李)는 어디에라도 있겠다 종종걸음 치는 여우비쯤 토루 너머 엿본단들 슴슴한 백짓장 맛 아니겠느냐

어느 들머리에나 걸터앉아 지는 해 뺨가웃은 넘어 이제 한껏 앉은뱅이 새끼걸음으로나 올 새털귀밑구름에

오월 가운데서 가장 찬란한 말은 뭐더라? 새털보숭이구름한테 아유 드릴 말 못 찾아 바장이는 날 끝

구두(口頭)로 주문하면 미래라도 한 시루 얹어 보내 줄 저 애송이 점점 툭져 오는 곤지 환칠이 언개비조롱나무열매로 홍당 익는 하루의 끝에 조찰히 닦아 놓은 최고급품의 봄날

12월 답장

얼은 12월을 세탁기에서 꺼내 햇빛에 말리면 흰 종이가 될까요 손가락에 색연필이 쥐어진다면 청색 그림이 그려질 까요 햇빛이 녹슬지 않는 이유를 아는 것이 한 해의 숙제 였습니다 한 해라는 기차를 타고 시절 막칸에 앉아 있습 니다

종이 한 장 떨어지는 소리에도 명경 가슴이 금가는 소 리 들립니다 비애를 가꾸어 시를 써 온 지도 어언 마흔 네 해 기왕지사 내 사생(私生)의 서자들을 이제는 호적에 올 려 적자로 이적해야 할는지요 모래를 만져 금이 되기를 기 다리는 마음 말입니다 저 야생의 언어 말입니다 말의 파편 말입니다 유리 조각 말입니다 자주 변심하는 애인 말입니 다 웬수 말입니다 누가 사치스레 불러 버린 시라는 암 덩 어리 말입니다

황금 갑옷을 입고 장검을 빼 들고 몰려오는 말과 도망 치는 언어들을 한 칼로 도륙할 날이 있기라도 할까요 마음 한 줄 시름 한 손 보냄에 한랭 섣달 난로로나 손 쬐옵기 바라옴에 글자가 걸어가는 동안 저의 정맥도 따라간다 과연

입니다 예불비

목백일홍 옛집

연필을 놔두고 나온 것 같다
빨랫줄에 걸린 수건에는 지나가던 소식들이 자주 걸렸다
늘 정직하기만 한 과꽃과의 이별
내가 떠나는데도 눈빛이 맑던 쟁반
피부가 하얀 접시
깨어지면서도 음악이 되던 보시기
마음을 접고 펴던 살 부러진 우산
화요일과 목요일의 날개에 아무 차이가 없는 나비
자고 나면 새 아이들을 데리고 나오는 나무
나쁜 이파리라고는 하나도 없는 집을
나는 신던 신발을 신고 너무 멀리 걸어 나왔다
나 없어 혼자 놀다가는 사금파리에 담긴 정오
목백일홍은 전화를 못 받아서
안부를 물을 수도 없는 지금

후포 통신

줄을 드리우고 있는 동안은 수심(水深)과 나의 내통이다
바다는 심장박동 소리를 타전해 온다
심해의 호흡을 청진하는 순간의 소나그래프(sonagraph)로
긋는 곡선
누구는 일기예보를 천기누설이라 하지만
천 길 바다를 읽으려면 타전을 독해하는 천리귀(千里耳)
를 지녀야 한다
이 해안에 난파선의 기록은 없지만
한 줄 낚시로 비장한 비밀을 걸어 올리면
비로소 방풍림은 할 일을 마친 수부처럼 웃으며 휴식에
든다
다시금 물음이 채송화처럼 돋으면, 왜 바다 노래는
빈빈(彬彬)히도 질그릇 깨지는 소리를 내는지
바다의 갈앉고 일어나는 약속들의 푸른 잠언들
바람이 큰 손으로 쓸어 놓은 바다의 포도 위를
명금(鳴琴)처럼 지나는 한 떼의 소낙비
저 메조로 울려오는
울금잎 펄럭이는 소프라노 세이렌

나무를 눕히는 방법

나무는 일생 서 있어서 나무다
나무도 한 번은 눕고 싶을 것이다
누가 서 있는 나무의 편안을 도모하리
누가 저 나무에게 휴식을 가르치리
기를 쓰고 이를 악물고 사는 날까지
제가 서 있다는 것도 모르고 서있다
누가 도끼로 때려눕히기 전에는 절대로
나무이기를 포기하지 않고 나무는 서 있다
누가 저 나무에게 안식을 권하리
햇빛의 식사를 포기하기 전에는
톱으로 잘라 둥치를 땅에 눕히기 전에는

3부

불행에겐 이런 말을

불행도 자주 만나면 친구가 된다
더운 물로 그의 발을 씻겨 주고 그의 몸을 타월로 닦아
주면
면 내복처럼 유순해진다

한 열흘은 불행하고 단 하루는 행복하자
조금씩 내리는 찬비처럼 내게 오는 불행이여
내 새 옷 한 벌 사 줄게
채소 같은 행복 한 잎만 들고 오면 안 되겠니

지붕에도 장롱에도 책상에도 노트에도 이슬같이 내리는
불행
그러나 내가 그를 찾아가 이마를 짚어 주면
불행도 부츠처럼 편안해진다

나는 서른까지는 불행하고 마흔은 행복하고
쉰은 조금씩 아끼며 불행하고 예순은 조금씩 보태며 행
복해지고 싶었다
철조망 안에도 햇볕이 놀듯 활짝 불행을 꽃피워

행복의 열매를 맺고 싶었다

먼 길 가는 사람은 처음부터 불행할 줄 알아야 한다
그와 함께 걷는 신발 소리가 행복을 맞으러 가는 발자국
소리임도 알아야 한다
나는 피하지 않고 그를 만났고
그와 함께 밥 먹고 그와 잠자면서
마침내 그의 머리카락 냄새와 그의 속옷 냄새까지 맡을
수 있게 되었다

때로는 그의 뒤를 닦아 주고 그와 입도 맞추었다
불행은 행복의 언니에게 안기면
스스로 행복의 오누이가 될 줄도 안다

그때 흰나비가 날아왔다

도라지꽃 곁에 쪼그려 앉아 '너도 대구에 가고 싶니' 물으면
도라지꽃이 고개를 가로젓는다

창문을 달면 비둘기가 올 거라 믿었다
물새 발자국을 따라가다 되돌아온 오후엔
맨발로 산그늘에 앉아 동화를 읽었다
학교에서 배운 말들은 한 마디도 읽지 않고
고추밭에 간 어머니의 호미 소리만 읽었다

43년에 태어나서 43년 동안 시를 쓴다
손이 작아서 가슴이 여려서 할 수 있는 게 이것밖에 없어서

시를 쓸 때 내 어깨 위로 흰나비가 날아왔다
홑적삼이 땀에 젖은 어머니가 날아왔다

오해

어떤 오해들로 벌들은 모인다
오해가 풀리지 않아 벌들은 잉잉거린다
언제나 의문들은 활발하다
만질 수 없는 의문들은
구두 밑창으로 갈앉는 몸무게처럼 말이 없다
나비가 벌보다 아름답다는 오해
장미가 엉겅퀴보다 아름답다는 오해
간혹 들고 다니면 더 쓸쓸해지는 구름장들
어느새 의문의 감자 싹이 나고
바람은 의심도 없이 메밀꽃을 밟고
벌레들은 의심도 없이 나뭇가지를 기어오른다
거리에는 쿨룩쿨룩 의혹을 부풀리는 차량들의 질주
한 번도 제 길을 회의해 본 적 없는 강물은
캄캄한 즐거움으로 바다에 이르고
어떤 오해들은 즐겁게 오해를 뭉쳐 던진다
맞아서 피 흘리는 이해들 위로
눈싸움처럼

사과나무는 나보다 키가 크다

사과나무는 미리 알고 있었던 것이다
낮은 데 달면 내가 제 사과를 따먹으리라는 걸
하늘로만 올라가면 내 손이
제 사과에 닿지 못하리라는 걸
높게만 오르면 하늘의 친아들인 새들과
숨바꼭질을 할 수 있으리라는 걸
이젠 나도 안다
사과나무야 사과나무야 내가 부르면
제 이름이 사과나무임을 사과나무가 안다는 걸
사과 가족은 밤에도 남의 이야기는 않고
제 가족이야기만 한다는 걸
내가 하얀 소쿠리를 놓고 높이 쳐다보면
서둘러 사과 하나를 빨갛게 내려보낸다는 걸
그랬을 때 사과나무와 나는 밀애 관계다
그래서 사과나무는 언제나 나보다 키가 크다

남원(南原)

반도 남쪽에서 길은 끝난다, 예서
내 발은 더 가지 않는다
저녁은 12월로 꽉 차 있다
물빛 불빛 달빛 바람빛
남원의 '봄날'에서 시를 마신다
낭독, 낭송, 음송, 암송
모두 다 내려놓았고 모두 다 보듬고 있다
너희끼리 놀아라, 해는 가고 없다
바람이 옷섶을 펄럭이는 길에서
모르는 사람끼리라도 손잡으면 따뜻했다
붉은 열매가 아직도 가지에서 떨어지지 않는
섣달이 남은 며칠을 몹시 아낀다
고소설(古小說) 한 대목이 바람에 묻어 오는
남쪽 도시, 마음의 안쪽

마음이 출렁일 때마다

나무의 체취를 아는 새들은
저녁이면 제 나무로 돌아온다

그땐 시보다 아름다웠던
지난여름 장항선 기차 시각표를 다 잊어버린다

군불 땐 방처럼 따뜻한 가슴의 사람한텐
옛날 읽은 크리스티나 로세티의 시 한 줄 읽어 주고 싶다

그런 햇빛 그런 공기 그런 풍경 속에 들어가
한 해의 옷을 다 벗어 놓는다

마음이 출렁일 때는
나도 못 만난 내 마음이 옷을 찢고 번져 나온다

하루는 저무는데 가을 국화처럼 혼자
싱싱한 것도 죄송한 날이 있다

하루에 생각한 것들

낙산 가을 한 폭을 경매에 내놓을까 생각하다

수성우체국 가서 요코야마 게이코에게 답장 보내다

헐티재 넘으며 꿀벌의 역사 태양의 나이를 생각하다
돌이 닳는 시간 식물의 임신 과정
테드 휴즈 가르시아 로르카 김춘수의 시

이번 세기에는 결코 증오가 세상을 지배해서는 안 된다
는 확신
  인간은 아무리 악해도 짐승은 되지 않는다는 누군가
의 말
  고독은 친구를 원치 않는다는 믿음

꽃이 지는 속도로 그리움은 다가온다고 쓴 시행

새소리는 왜 모음일까?
다친 나무에는 무슨 약을 발라 줄까?

어둠의 큰손이 가을 산을 매점매석해 가는 저녁녘에
내가 잡아당기던 생각 몇 올

채송화 수첩

봄볕 살 하나마다 이불 한 채씩 내걸면 잘 마르겠다

나비들은 제 한 벌뿐인 옷을 자랑하고 싶어서

그늘을 벗어 놓고 햇빛으로 날아 나온다

벌들은 드난살이가 오래여서 눈이 붉어졌다

꽃이 조명등처럼 떨어진다

아무리 예쁜 꽃나무라도 시를 열지는 않는다는 걸

알고 난 뒤부터 채송화를 햇빛 색종이라 부르지 않게 되
었다

이 작은 수첩에 봄날의 마음을 다 쓸 수는 없다

비워 둔 말은 배고픈 새가 와 쪼아 먹도록 남겨 둔다

채송화 수첩은 너무 작다

꽃자리에 나도 앉아

꽃자리는 꽃 몸이 누렸던 자리
떨기에서 떨켜까지의 거리는 나무가 딛고 간 발자국이다
그늘 드리운 자리 꽃살 무늬 지면
흙은 1년 내내 말문을 닫는다
신접살림 차린 나비 접빈객으로
더욱 환해진 열매의 변두리는 황홀에 젖고
단자엽 고황에 든 병 낫지 않아 오래 간다
부주키 소리로 맑아 오는 떡잎으로 하루는 길고
마주나기 잎들만 가지 끝 초록에 물 긷는다
꽃그늘로 문신 진 백년 흙 방석
아린 홍금으로도 못다 그려 여백으로 남긴
손톱으로 철필만 다듬는 분홍 꽃자리
삼라와 만상이 수고잠 자는
저 떨기들 곁에 나도 앉아
일생 한 번도 자리 펴 본 일 없는 꽃의 잠결로
뇌쇄에 젖어 전신 홍염으로 빼앗긴 마음

유리잔 같은 아침

이 유리잔 같은 아침에 새똥이 마른다

아무리 울어도 산새 울음엔 눈물이 없다

이 유리잔 같은 아침에 등잔꽃이 혼자 피고

너무 많은 생살을 뜯어 화촉(華燭)으로 피워 낸

山

나는 또 궁금한 것이 많은 아이같이

새 울음을 들으며 거푸 묻는다

살아서 그리운 것들은 죽어서 어디로 가나

미미(微微)

벌레의 눈으로 보면
세상은 더 아름다울 것이다

잎 그늘에 가린 풀꽃 더미라든가 풀꽃 더미에 가린 이름 없는 벌레라든가

울음 하나로 저를 알리는 멧새라든가 멧새 알에 도는 실핏줄이라든가

패랭이꽃 수세미꽃에게 내년에도 꼭 오라고 당부하고 싶은 마음이라든가

오래 생각하다 내가 못 쓰고 만 구절을 어느 시인의 시에서 우연히 발견할 때라든가

나는 여기서 무엇을 하나 여기서 무엇을 했나 여기서 무엇을 해야 하나 스스로에게 묻는 시간이라든가

너희는 슬픔을 모르는 데 나만 슬픔을 말하노니, 살아 있거라 살아 있거라 무명이여 미미여 거룩으로 이어질 숨씨*여

* 너무 남용해 때 묻은 '사랑'이라는 말 대신 쓰고자 하는 필자의 조어.

내일은 영원

나에게 따뜻함을 준 옷에게
나에게 편안함을 준 방에게
배고픔을 이기게 한 식탁에게
고백을 들어 줄 수 있는 귀를 가진 침묵에게
나는 고마움을 전해야 한다

바느질 자국이 많은 바지에게
백 리를 데려다준 발에게
늘 분홍을 지닌 마음에게
고단한 꿈을 누인 집에게

유언을 써 본 일 없는 나무에게
늘 내부를 보여 주는 꽃에게
부리로 노래를 옮겨 주는 새에게
분홍을 실어 오는 물에게

나는 가난 한 벌 지어 입고
너의 이름으로 초록 위를 걸어간다

언제나 처음 오는 얼굴인 아침에게
하루 치의 숨을 쉬게 하는 공기에게
절망을 희망으로 바꿔 주는 햇빛에게
그리고 마지막
사랑이라고 쓸 수 있는 손에게

수저를 들 때처럼 고마움 전해야 한다
손을 사용할 수 있는 힘에게
백합 한 송이를 선물하고 싶은 가슴에게
흙 위에 그의 이름을 쓸 수 있게 하는 마음에게
아, 영원이라고 부를 수 있는 내일에게

삭거(索居)*

어디쯤 가거든 너를 잊기로 한다
헤어져 쓸쓸히 혼자 있어 삭거이니
지니면 병이 되고 독이 되는 사랑도 있다
나는 통증의 말만 종이에 눌러 쓰는 시인이고 싶었지만
노래로 채워질 가슴 지닌 가인(佳人)이 되었다
내게 온 사랑은 번역할수록 오역이었다
그리움은 본래 헝클린 타래 길이니
앓고 떠나 병이 된 어느 해 가을처럼
아파서 기쁨이었던 독하고 아린 삭거(索居)
네가 바늘로 기워 둔 홍점의 말들
어디쯤 가거든 죄 잊기로 한다

* 헤어져 쓸쓸히 혼자 있음.

102

행화원기(杏花源記)*

나는 부운의 일생을 그리워하였다
그러나 물의 몸, 부운(浮雲)까지는 갈 수 없다
꽃 핀 누층(累層)에 올라 저 잎 맑은
수수만 겹 하얀 옷깃 펄럭이며
속엣 것 다 뱉어 내는 꽃송이의 말 앞에서
내 써 온 일생의 말이 말문을 닫는다
저 올올 섬섬의 말에 무슨 귀를 열어야 하나
꽃의 내감은 아름다움 저 너머의 고혹
나는 부운의 누각을 그리워하였다
고혹 위에 겹겹 잔혹의 형자를 달래며
이제 나는 행화원기(杏花源記)를 써도 되겠다
내가 없어지고 영혼 혼자 저 순백과 분홍 만나러 갔으니
이제 나는 집도 절도 없어도 되겠다
내 뼈와 살, 행운유수 풍향의 살결에 맡겼으니

* 도화원기(桃花源記)의 변용.

햇빛에 신발을 말리는 풀잎들

어떤 믿음으로 풀들은 초록의 나라에 닿는다
노래로 귀를 씻은 새들이 햇빛의 독촉에 이른 잠을 깬다
유리창들은 쉽게 몸을 비우며
빛살의 재촉을 풀잎 동네에 배달한다
햇빛이 주소를 들고 나무 동네를 방문하는 동안
식물들은 아낌없이 제 나이테를 나누어 가진다
뛰어오느라 신발이 젖은 햇빛이
바람에 젖은 발을 말리는 동안
꽃들은 호주머니 안에서 색지를 꺼내 그림을 그린다
벌레의 어둔 눈이 밝아 오는 동안
제 몸무게를 다는 바람도 있다
어떤 계절이 태어나고 어떤 계절이 구름처럼 자라면
잠자리와 모기와 나비는 펄럭이는 날개를 단다
햇빛의 독촉이 자심한 날은

깨끗한 슬픔

나무의 흰 소매 사이로 흘러나오는 파란 잎들이

한 해가 써 놓은 편지인 줄을 아시는지요

오전과 오후 사이에 놀러 온 햇빛을 리본으로 묶어 두면

수요일이 목요일로 가지 않고 나무 아래 머문다는 말을
믿겠나요

6월은 나무의 신작이라고 하면 어디서 책장 넘기는 소
리 들리나요

새 원고지를 찾아 계절이 떠나면

신편의 마지막 문장처럼 홀로 남는 여름을 누가 기다려
주기나 할까요

푸름에게는 푸름에 맞는 작별 인사를 고안해야 합니다

이 흰 종이의 말을 깨끗한 슬픔이라고 써도 되겠는지요

깨끗함이 슬픔이 되는 이유를 슬픔에게 물어볼 요량입
니다

햇빛의 독촉들

바람은 누구의 편도 아니다
그러나 햇빛은 모든 것의 편이다

누구의 신발에도 함부로 담기는 햇빛
고령(高齡)인 돌을 쓰다듬다가 바람은 노래가 되었다
스킨십에 능숙한 동풍도 뒤따라왔다
가는 무릎 아래 잔디들이 그늘을 준비하는 동안
날개가 가벼워진 나비는 바쁜 인사말 건네느라 입이 부
르텄다
꽃들은 벌에게 줄 것이 생겼다고 즐거워한다
나무는 제 속에 숨은 꽃을 찾아내느라 속이 탄다
봄날은 아무것도 발명하지 않고 아무것도 발견한다
초록들의 피부병이 다 나았다

오전의 기분

사각사각 사과를 깎는 기분
하얀 실파를 뽑는 기분
놀러 간 고양이를 부르고 싶은 기분
너의 속옷 속에 마른 손을 넣는 느낌
부드러운 무언가가 만져지는 느낌
색연필로 그림을 그리고 싶은 느낌
채송화를 우두둑 따 버리고 싶은 기분
또 무슨 말이 있나?
저 가시나무는 아무도 찌르지 못할 것 같다
날아가지 못하니까, 뛰어가지 못 하니까,
흰 새를 보낼게 초록 손을 펴
하모니카를 보낼게 노랠 불러 봐
바늘이 저 혼자 부러지는 소리
오늘은 좀 아파도 괜찮겠다
오전의 기분

나무

자기가 만든 잎을 입고
자기가 만든 꽃을 꽂고
자기가 생각하는 방향으로
가지를 벋어 하늘을 만진다
성자여, 나는 그대의 신도

근원성을 지향하는 서정의 위의(威儀)

유성호(문학평론가)

1. 기억에 바탕을 둔 서정의 원리

대체로 서정시는 기억 속의 풍경에 민감하게 반응하고 그것을 채록해 가는 과정에서 씌어진다. 이러한 원리는 그 자체로 하나의 보편적인 시적 상황을 이루면서, 때로 풍경 자체가 스스로를 드러내는 방식으로 나타나기도 하고, 때로 시인과 풍경의 관계가 아스라한 결속의 힘으로 인화되어 나타나는 형식을 취하기도 한다. 이처럼 절절한 기억 안에서 풍경과 정서가 어울리는 순간을 끌어들이는 서정시의 존재론은, 우리 삶이 간직하고 있는 그리움의 심연을 응시하면서 발원하고 있다. 그 점에서 서정의 원리는 부재하는 것들에 대한 순간적 탈환 의지에서 비롯하는 경우가 많다고 할 수 있다.

이기철 시집『흰 꽃 만지는 시간』은 자연 현상에 대한 경험을 삶의 깨달음으로 전이시키면서 경험적 직접성을 사물 안에 내재한 속성으로 간접화함으로써 이러한 서정의 원리를 한껏 충족해 가고 있다. 가령 시인은 직접 자신의 내면을 토로하는 것이 아니라 자연 상관물을 불러들여 그 것들로 하여금 발화 주체가 되게 하는 방식을 지속적으로 취택해 간다. 그 점에서 이기철의 시편은 자연 현상에 대한 선명한 기억을 통해 부드럽고 간명한 언어와 심미적 상상력을 생성하고 펼쳐 내는 흐름을 이번 시집에서도 유지하고 있다. 그 흐름 안에 기억에 바탕을 둔 서정적 탈환 의지가 깊이 개입하고 있는 것이다. 이제 그 세계 안으로 한 걸음 들어가 보자.

2. 영원 지향의 형이상학

이번 시집의 일차적 외관은, 자연에 충일한 아름다움과 그것을 일종의 형이상학적 차원으로까지 끌어올리려는 시인의 의지와 상상력으로 채워져 있다. 자연 사물이 생성되고 소멸해 가는 과정을 신성한 비밀로 노래하는 이기철 시인은, 자신과 자연 사물의 상응(相應) 과정에서 이러한 의미론적 작업을 적극 수행해 간다. 말하자면 비록 자연이

'스스로[自] 그러한[然]' 것이기는 하지만, 그 안에는 비가시적인 비밀이 담겨 있고, 자연 사물은 그 비밀을 누설하는 존재자들로 현상하고 있다. 원래 '계시(revelation)'라는 단어의 어원이 '누설하다(reveal)'임을 상기할 때, 형이상학적 비밀은 시인의 언어를 통해 자연이라는 육체로써 드러나고 있는 것이다. 시인은 스스로 "이 시대의 빈혈인 아름다움 몇 포기 꽃피우려 시간을 쓰다듬으며 시를 썼다"(「시인의 말」)고 고백했는데, 이때의 "아름다움 몇 포기"야말로 이기철 시인이 궁극적으로 지향하고 있는 미학이자 인생론이기도 하다. 그가 노래하는 영원 지향의 형이상학을 한번 읽어 보자.

돌은 세숫비누가 아니어서 손으로 만져도 뺨에 비벼도 쉬이 닳지 않는다 고조곤히 오래 견딘다 돌을 사랑하는 첫 번째 이유다

돌 곁에 돌을 갖다 놓아도 새처럼 쫑긋거리거나 우짖거나 까불거나 쌈박질하지 않는다 돌을 오래 바라보는 두 번째 이유다

돌 아래 나무를 심어도 고양이처럼 올라타거나 할퀴거나 말도 안 되는 소리로 야옹거리지 않는다 나무가 제 키를 넘어도 가만히 둔다 돌을 사랑하는 세 번째 이유다

돌은 구름처럼 남실대거나 그렁그렁 눈물 흘리거나 소낙비
처럼 수틀리면 뛰어내려 제 몸을 박살 내지 않는다 돌을 사랑
하는 네 번째 이유다

돌은 한번 심으면 감자나 무같이 자릴 뜨지 않는다 내가
한번 낙산에 심기고 나선 바티칸에도 리마에도 가지 않는 것
처럼, 이것이 돌을 사랑하는 다섯 번째 이유다
───「돌을 사랑하는 다섯 가지 이유」

이 작품은 '돌'을 향한 가없는 사랑을 담아내면서도, 동
시에 자연에 담긴 형이상학적 비밀을 노래한다. 일시적으로
존재했다가 쉽게 마모해가는 '세숫비누'와 달리 '돌'은 쉬이
닳지도 않고 고조곤히 오래 견디기도 한다. 이어 시인은 돌
을 사랑하는 이유를 하나하나 정성스럽게 나열해 가는데,
그 까닭이란 다른 사물과의 현저한 대조에서 발견된다. "새
처럼" 쫑긋거리거나 우짖거나 까불거나 쌈박질하지 않고,
"고양이처럼" 올라타거나 할퀴거나 야옹거리지 않은 채 제
아래 나무를 두고, "구름처럼" 남실대거나 눈물 흘리지 않
고, "감자나 무같이" 자리를 뜨지 않으면서 자신의 지경을
굳건히 지키는 것이 '돌'이기 때문이다. '돌'의 이러한 속성
들, 이를테면 오래 견디고 고요하고 강직하고 견고한 것들
은 모두 가변적이고 가볍고 즉흥적인 것들에 대한 확연한

반명제로 등장한다. 이러한 속성 나열이 바로 시인 스스로에 대한 자기 다짐임을 알기는 그다지 어렵지 않은데, 그만큼 시인은 '돌'이 환기하는 무변(無變/無邊)의 차원을 통해 유한한 것들(세숫비누, 새, 고양이, 구름, 감자, 무)에 대비되는 형이상학적 항구성을 강하게 염원하는 것이다. "영원이라고 부를 수 있는 내일"(「내일은 영원」)을 바라보면서 "눈빛 맑은 사람 만나면 그것만으로 한 해를 견딜 수 있다"(「흰 꽃 만지는 시간」)는 의지를 지속적으로 설파하는 것이다. 다음은 어떠한가.

내게 온 하루에게 새 저고리를 갈아입히면

고요의 스란치마에 꽃물이 든다

지금 막 나를 떠난 시간과 지금 막 내게로 오는 시간은

어디서 만나 그 부신 몸을 섞을까

그게 궁금한 풀잎은 귀를 갈고 그걸 아는 돌들은 이마를

반짝인다

염원이야 피는 꽃과 내가 무에 다르랴

아직 오지 않은 내일에겐 배내옷을 지어 놓고 기다린다

한철 소란한 꽃들이 제 무게로 지는 길목에선

불편한 계절이 자꾸 아픈 손을 들어 보인다

저 계절에게 나는 알약 하나도 지어 주지 못했다

내가 만지는 이 유구와 영원은 사전의 말이 아니다

고요가 찾아와 이제 그만 아파도 된다고 위로할 때에야

나는 비로소 찬물처럼 맑아진다
나에게 온 날보다 나에게 오지 않은 날을 위해
서툰 바느질로 나는 깃저고리 한 벌은 더 지어 놓아야 한다
——「내가 만지는 영원」

　　여기서 시인은 '영원'을 만지고 있다. "내게 온 하루에
게 새 저고리를 갈아입히면/ 고요의 스란치마에 꽃물이 든
다"는 아름다운 절구(絶句)는, 영원이라는 것이 무한하게 늘
린 시간이 아니라 순간 속에서 섬광의 극점을 보여 주는
시간임을 알려 준다. 그래서 시인은 "지금 막 나를 떠난 시
간과 지금 막 내게로 오는 시간"이 어디선가 만나 하나가
될 것임을 예감하는데, 이때 "아직 오지 않은 내일"에게조
차 배내옷을 지어 놓고 기다리는 시인의 마음은 '과거-현
재-미래'를 통합하는 서정의 원리를 고스란히 닮아 있을
수밖에 없게 된다. 여기서 시인이 "만지는 이 유구와 영원"
이야말로 사전에 쓰인 도식적인 말이 아니라, "고요가 찾
아와" 위로하는 '침묵의 소리(sound of silence)'일 것이다. 그
렇게 시인은 "나에게 온 날보다 나에게 오지 않은 날"을 위
해 깃저고리 한 벌 더 지어 놓음으로써 영원에 근접해 간
다. "아름다운 사람은 햇빛을 당겨 와 마음을 다림질"(「스무
번째의 별 이름」)한다지 않는가. 결국 시인은 '저고리-스란치
마-배내옷-깃저고리'의 연쇄를 '바느질/다림질'로 수렴함으
로써, 정성스런 순간의 연속이야말로 영원을 구성하는 원

질(原質)임을 노래한다. "꽃이 지는 속도로 그리움은 다가온다고 쓴 시행"(「하루에 생각한 것들」)을 반추하고 "이 꽃에서 저 꽃으로 날아가는 詩"(「나비」)를 바라보면서 "시를 쓸 때 내 어깨 위로 흰나비가"(「그때 흰나비가 날아왔다」) 날아오는 순간을 영원으로 기록해 가는 것이다.

이처럼 이기철 시인은 자연 속에 담긴 가장 근원적인 영원성을 찾아간다. 시인이 원초적으로 기억하는 것 가운데 가장 선명하고도 보편적인 상(像)이 자연의 사물과 풍경과 시간 속에 녹아 있기 때문이다. 말하자면 자연 경험을 찾아가는 것이 이기철 시학의 가장 절절하고도 편재적인 지향이 되는 것이다. 그만큼 시인은 모든 것이 고요한 시간과 자연 사물이 놓인 공간에서 삶의 존재론적 근거(ground)를 구성해 가면서 오랜 시간을 고요함으로 견뎌간다. 이제 막 신생의 순간을 맞이하는 사물이나, 역경을 넘어 새로운 의지를 예비하는 순간들도 섬세하게 기록해 간다. 그 고요와 신생과 의지의 언어들이 결국 이기철 시인이 지향하는 세계, 곧 세상 존재자들에 대한 따뜻하기 그지없는 긍정의 마음을 하염없이 만들어 내고 있는 것이다.

3. 시를 향한 강렬한 자의식의 토로

그런가 하면 우리는 『흰 꽃 만지는 시간』의 행간에서, 이기철 시인의 '시(詩)'를 향한 깊은 자의식 토로를 발견하게 된다. 시인은 '시'를 통해 '시란 무엇인가'를 사유하고 있는데, 아닌 게 아니라 시인은 궁극적 자아 탐구로 남을 수밖에 없고 예술적 함축을 겨냥할 수밖에 없는 '시'라는 양식에 대해 적극적 자기 개진을 수행해 간다. 가령 그에게 '시'란, 언어 자체의 숙명처럼, 물리적 한계를 가진 채로 가장 아름다운 비밀을 드러내는 불가피한 양식이다. 그는 '시인'이란 언어적 자의식으로 충만한 동시에 언어를 통해 사물들의 참모습에 도달하려는 불가능한 소임을 맡은 존재라고 사유한다. 다시 말하면 말의 도구적 기능을 넘어 '언어 자체'에 대한 메타적 탐색에 심혈을 쏟는 것이 바로 이기철 시인이 그리는 '시인'의 본원적 형상인 셈이다. "언어로 쓴 시 아닌 정서로 쓴 시"(「아름다움 한 송이 부쳐 주세요」)가 자신의 '시'이고, 정작 자신은 "통증의 말만 종이에 눌러 쓰는 시인이고 싶었지만/ 노래로 채워질 가슴 지닌 가인(佳人)이 되었다"(「삭거(索居)」)고 고백하는 그는, 그 점에서 언어를 통해 자기 자신을 성찰하고 반성하는 과정과 선명하게 자신을 확인하는 과정을 동시에 엮어 간다고 할 수 있을 것이다.

풀밭은 목차가 없어서 어디서 읽어도 목차다
나뭇잎 한 장에 쓰인 먼 소식을 이틀 동안 아껴 읽는다
오늘이 하루로만 끝나서는 안 된다고 긴 끈을 던져 오후를

문고리에 묶는다

　　풀잎에게 어서 이불을 덮으라고
　　어둠 아니면 누가 저리 자상히 일러 줄까

　　이파리들이 밤에도 잎맥을 만든다는 걸 생각하면
　　풀잎이라는 말이 성서의 구절보다 경건해진다
　　그럴 땐 꽃을 지우고 난 나무는 무얼 기다릴까 궁금하다

　　내 서정은 흰 종이처럼 여려
　　벌레를 덮어 주지도 못하는 헝겊에 말의 수를 놓으며
　　오늘도 발에 밟힌 이름들을 생각하다 잠든다

　　시인이 걸어간 이 길이
　　가장 아름다운 길이 되었으면 좋겠다
　　　　──「시인이 걷는 길이 가장 아름다운 길이 되었으면
　　　　　　　　　　　　　　　　　　　　　　　좋겠다」

　이기철 시인은 "풀과 꽃에 이름을 지은 사람이/ 최초의
시인"(「내 정든 계절들」)이며, "그릇을 씻다 말고 새 날아간
하늘을 바라보는 사람"(「아름다운 사람이 잡아당기면」)이 가
장 아름다운 시인임을 비유적으로 노래한다. 이 창조성과
심미성은 이기철 시학의 양축으로 존재하는데, 위 시편의

117

제목처럼, 시인은 가지 않은 새로운 길을 걷고(창조성), 그 길은 가장 아름다운 길이 된다(심미성). 시인이 보기에 '풀밭'은 어디서 읽어도 그 스스로 '목차'가 되고, 시인은 "나뭇잎 한 장에 쓰인 먼 소식"을 본문처럼 아껴 읽는 사람이다. 그는 "오늘이 하루로만 끝나서는 안 된다고" 하면서 "이파리들이 밤에도 잎맥을 만든다는 걸" 생각한다. "풀잎이라는 말이 성서의 구절보다 경건해"지는 순간, 비록 "서정은 흰 종이처럼" 여릴 뿐이지만, 창의적이고 심미적인 길을 걸어가는 시인에 의해 '시'는 어떤 성스러운 것보다 더 경건한 존재로 몸을 바꾼다. 그렇게 '시인'이란 "일기책 태운 온기에 손 쬐며 쓴 시를/ 최초의 목소리로 읽어 줄 사람"(「모르는 사람의 손이 더 따뜻하리라」)이기도 하고, 궁극에는 "고뇌 지나간 새파란 마음의 시"(「그런 땐 시를 읽는다」)를 쓰는 존재가 되는 것이다. 시인의 역할이 '부족 방언의 예술사'를 지나 '심미적 연금술사'에 이르는 순간이 아닐 수 없다.

> 시 쓰는 일은 나를 조금씩 베어 내는 일
> 면도날로 맨살을 쬐끔씩 깎아 내는 일
> 입천장, 겨드랑이, 사타구니, 항문까지
> 쬐끔씩 발라내는 일
> 부끄러움도 아픔도 쬐끔씩 참는 일
> 누추를 환부로 녹여 머큐로크롬을 바르며
> 낫지 않아서 더 아끼는 병(病)

병에서 돋는 새파란 싹을 기르는 일

평범을 다져 비범으로

깨소금 마늘 양념을 버무리는 일

주검까지 가다가 죽지는 않고

절뚝이며 휘청이며 돌아오는 일

시 쓰는 일

                                —「시 쓰는 일」

이제 이기철 시인에게 "시 쓰는 일"이란, "나를 조금씩 베어 내는 일"이고 "면도날로 맨살을 쬐끔씩 깎아 내는 일"이다. 이 자아와 타자를 향한 절제와 견인(堅忍)의 의지는, "부끄러움도 아픔도 쬐끔씩 참는 일"로 이어지면서 존재론적 병(病)에서 돋는 "새파란 싹을 기르는 일"로 차츰 귀일해 간다. 그때 비로소 "평범을 다져 비범으로" 만들어 가는 기술과 "절뚝이며 휘청이며 돌아오는" 실존의 가파름이 '시'에 깃들게 된다. 나아가 이기철 시인에게는 "낱장들에 내가 쓰고 싶었던 말"(「속옷처럼 희망이」)이 '시'이며, "내 전부를 다 던지지 못한 젊은 날의 사랑"(「흰 종이 위에」)을 흰 종이 위에 기록해가는 작업이 '시 쓰는 일'이 되는 것이다.

대체로 서정시는 절제되고 숭고하고 고요한 방향으로, 그리고 조화와 균형을 통해 심미적 효과를 이루는 방향으로 쓰이기 마련이다. 비록 최근 들어 비속성이나 난해성 그리고 비선형성이 주류 문법으로 노출되기도 하였고, 부조

화나 일탈의 상상력이 확연하게 나타나기도 했지만, 여전히 서정시는 심미적 고요를 통해 시인 자신의 실존을 탐구하고 완성하려는 재귀적(再歸的) 욕망을 멈추지 않는다. 이기철 시는 이러한 서정 원리를 확연하게 구축해 가는 세계로서, 과거로부터 절연된 현재가 아니라, 과거는 물론 미래 비전까지도 포괄하는 '충만한 현재형'으로서의 형식을 지켜가는 뚜렷한 실례일 것이다. 이러한 '충만한 현재형'을 통해 현재의 불완전성과 불확실성 그리고 우리의 일상에 편재하는 여러 유형무형의 폭력에 대항하여 풍요롭고도 자유로운 상상력을 발휘하고 있는 것이다. 그래서 우리는 그의 시편을 통해 우리가 잃어버렸던 것들을 새삼 기억하며 현재의 불모성을 치유하고 넘어설 수 있는 희망의 원리를 꿈꿀 수 있는 것이다.

4. 서정의 존재론으로서의 시간과 고요

우리가 잘 알듯이, 서정시는 실재와 상상 혹은 현실과 꿈 사이의 긴장 속에서 착상되고 표현되고 발화된다. 한 편의 시에서 이성의 통제에 의해 파악되는 현실이나 감정 과잉에 의해 감싸인 몽상이란 인간의 인식과 정서를 매우 단면적으로 반영한 것일 수밖에 없기 때문이다. 그만큼 우수한 서정시는 우리의 복합적 현실을 순간적으로 포착하면서도, 그것을 치유할 수 있는 대안적 상상 세계를 마련하여 현실과 꿈의 접점을 풍요롭게 드러내게 마련이다. 자연스럽게 그것은 우리를 둘러싸고 있는 현실과 그것을 치유하려는 꿈 사이의 긴장에서 발원하는 신생의 기록으로서, 삶의 불모성과 싸우며 그것을 회복하려는 열망과 의지에 의해 이루어지는 어떤 것이 된다. 이기철 시학의 본령이 바로 여기에 있고, 이러한 시학은 오랜 시간을 투시하고 관찰하고 표현하는, 충실한 자기 입법 과정에서 완성되어 간다.

색깔도 무게도 없는 것이 손도 발도 없는 것이 오늘을 만들고 내일을 만들고 영원을 만든다 풀잎을 밀어 올리고 강물을 흐르게 하고 단풍을 갈아입는다 누가 그 요람에 앉아 시를 쓰고 노래를 짓고 그림을 그린다 보이지도 만질 수도 없는 저 힘으로

— 「시간」

이기철 시인은 존재론적 기억과 시간에 바쳐진 총체로서의 시를 써 간다. 우리는 그의 시를 통해 서정시가 개인적 경험의 산물이자 동시에 보편적 삶의 이치를 노래하는 양식임을 깨닫는다. 이처럼 지나온 날들에 대한 그리움에서 촉발하면서도 삶의 보편적 이치에 이르려는 그의 상상력은 매우 견고하고 풍요롭다. 기억이란, 과거 시간에 대한 사실적 재현 과정이 아니라 시인의 시선에 의해 그것들이 선택

되고 재구성되는 과정에서 형성되는 것이다. 그 점에서 시인이 선택하고 배열하는 기억은, 현재 시인이 중히 여기는 삶의 형식을 고스란히 담는 경우가 많다. 이기철 시인이 수행하는 기억 역시 지금 시인 자신이 잃어버리고 살아가는 아름다운 원형에 대한 그리움에서 발원되는 것일 터이다. 그래서 그의 시는 자신의 기원과 궁극에 대해 사유함으로써, 개별적 나르시시즘을 넘어 인간 보편의 꿈과 기품을 넓게 보여 준다 할 것이다. 그야말로 색깔도 무게도 손도 발도 없는 것이 오늘과 내일과 영원을 만들어 가는 것이다. 자연스럽게 '풀잎'과 '강물'과 '단풍'과 '시'와 '노래'와 '그림'을 가능하게 하는 원질로서의 시간은 "보이지도 만질 수도 없는" 힘으로 자신의 항구적 존재 방식을 스스로 증명해 간다.

이파리들이 바람의 이부자리를 펴는 때는 밤이다
고요에 고요가 얹히는 무게를 너한테 보내고 싶지만
헝겊에 쌀 수 없어 보내지 못한다
오늘은 강물의 발원을 묻지 않고 동요의 기원부터 묻는다
동요(童謠)의 발원은 새소리다
고요는 새들이 제 소리를 거두어 간 빈자리다
새가 아니라면 누가 노래를 만들 수 있나?
너무 오래 자고 나면 잎이 붉어질까 봐
새파란 손을 내밀어 햇빛을 붙잡는 가지들

짙푸른 어느 때 그들도 연애 감정에 젖었을 것이다
문득 어느 극단(極端)이 와서 나를 쳐 넘어뜨려도
나는 말문을 열고 '고요는 내 스승'이라 발음할 것이다
고요는 극지다
저 소수(小數)의 고요가 다수의 소음을 이기는 힘은
무게를 버리는 공기들
그 가벼운 체중 위로
그늘의 무게만큼 이파리들이 떨어진다

———「고요의 극지」

　적막한 밤에 느끼는 한없는 고요가 그윽하게 전해지는
순간이다. 하지만 그 고요는 단순히 '소리 없는(soundless)'
상태를 말하는 것은 아니다. "내 스승"이라고 시인이 할 정
도로, 이 한없는 고요는 시인 자신의 원초적인 발생론을
이룬다. 그래서인지 이기철 시인은 가장 천진한 노래인 "동
요(童謠)"가 바로 새소리의 고요에서 발원했음을 상기한다.
아니 그 고요는 새들이 제 소리를 거두어 간 빈자리로 나
타난다. 문득 찾아온 "어느 극단(極端)"이란, 바로 이 소리가
지나고 난 자리의 고요일 것이다. 그러니까 고요는 극단의
지점으로서의 '극지(極地)'가 된다. 그렇게 "소수(小數)의 고
요가 다수의 소음을 이기는 힘"을 신뢰하는 시인은, 고요
가 조용함과는 전혀 다른 존재론적 생성의 자리임을 고백
하는 것이다. 그것은 이번 시집에서 저녁에 "백지 같은 맨

발을 흰 수건으로 닦는"(「봉숭아와 나만의 저녁」) 때나 밤에 "별들은 벌써 저녁 만찬을 위해/ 하얀 손으로 쌀을 씻고"(「들판 정원」) 있는 때를 자신의 시간적 계열체로 거느리게 된다. 그리고 그 고요는 "참 아름답고 정직한 귀"(「인공누액」)만이 들을 수 있는 것이 되고, "기슭을 노래하는 시인의 소망"(「기슭에서의 사색」)이 되어 가는 것이다. 그 소망을 위해 시인 스스로도 "낭독, 낭송, 음송, 암송"(「남원(南原)」)을 그치지 않을 것이다. 이처럼 이기철 시인은 서정의 존재론으로서의 시간과 고요를 노래한다.

근원적으로 서정시가 원초적 통일성을 회복하려는 속성을 가지는 것은, 세계와 주체가 분리된 경험으로부터 그것을 통합하고자 하는 지향을 견지하기 때문이다. 이때 우리를 둘러싼 세계와 그것을 수용하는 주체를 이어 주는 새로운 감각이 필요한데, 이러한 감각은 세계와 주체가 근원적 연관성을 가진다고 이해하는 태도에서야 비로소 가능하다. 말하자면 우리에게 상실된 감각을 회복하려는 통로를 주체의 확고한 신념에서 찾지 않고, 사물을 관찰하고 묘사하는 부드럽고 유연한 시선에서 찾고자 하는 것이다. 그리고 그러한 근원적 감각은 기억의 작용을 통해 자신의 존재를 구성하게 되는데, 바로 이기철 시집 『흰 꽃 만지는 시간』이 이러한 원리를 최적화하여 보여 준다 할 것이다. 그 점에서, 이기철 시인은 우리 시단에 서정시의 기품과 깊이를 지속

적으로 부여해 온 대표적인 중진(重鎭)일 뿐더러, 근원성을
지향하는 맑고 푸른 위의(威儀)를 이어온 서정의 사제(司祭)
라고 말할 수 있다. 그리고 우리는, 이러한 깨끗한 사랑의
마음이 더욱 심원한 순간들을 얻어, 다음 시집으로도 선연
하게 이어져 가기를, 마음 깊이, 소망해 보는 것이다.

지은이 　이기철

1943년 경남 거창 출생. 1972년《현대문학》으로 등단했다.
『청산행』,『지상에서 부르고 싶은 노래』,『유리의 나날』,
『내가 만난 사람은 모두 아름다웠다』,『가장 따뜻한 책』,
『정오의 순례』,『나무, 나의 모국어』,『꽃들의 화장 시간』
등의 시집이 있다. 김수영문학상, 시와시학상, 최계락문학상,
후광문학상 등을 수상했다.

흰 꽃 만지는 시간

1판 1쇄 펴냄 2017년 5월 22일
1판 3쇄 펴냄 2022년 6월 27일

지은이 이기철
발행인 박근섭, 박상준
펴낸곳 (주)민음사

출판등록 1966. 5. 19. (제16-490호)
서울특별시 강남구 도산대로1길 62(신사동)
강남출판문화센터 5층 (06027)
대표전화 515-2000 / 팩시밀리 515-2007
www.minumsa.com

ⓒ 이기철, 2017. Printed in Seoul, Korea

ISBN 978-89-374-0854-0 04810
　　　978-89-374-0802-1 (세트)

민음의 시
목록